KB116192

다시 토르소

책 만 드 는 집　시 인 선 2 0 8

다시 토르소

전연희 시조집

책만드는집

언어의 모래궁전 허무는 일 아득해도
살아온 길 무어 그리 가두어둘 일이라고
깊은 숨 기진하도록 속엣말을 닦는다

2022년 11월
전연희

| 차례 |

1부

2부

3부

4부

1부

닻의 이름으로

어둠은 삽시간에 풍랑 속에 파묻힌다

진득이 듣던 새소리 그런 날 있었던가

손목에 터널증후군 갈고리가 패었다

부러진 우산으로 너희 등 젖어들고

셈에 약한 가계부는 적신호를 타전한다

오늘도 어제와 같은 도시락이 무겁다

다 못 준 마음 홀로 뱃전을 서성인다

이제는 쾌청이다 하늘 길이 열려온다

날아라 시린 날들이 반짝이는 별이다

선반

더 세게 조여다오 헐렁해진 삶의 마디

이고 지고 오르는 길 늘 그만치 쌓인 무게

실금 간 마디를 풀면 뼛속까지 희디희다

쟁여둔 밀짚모는 추억 몇 점 엮어낼 뿐

모 닦인 시간 넘어 수평선은 늘 먼 자리

품으면 건너야 할 길이 벼랑 아래 눕는다

창을 열어라

명랑이 뉴스*라던 그 창窓은 전설이다
내시경 들이대는 차가운 눈길 앞에
벗은 몸 속살 깊이를 속속들이 들키는

풀리지 않는 암호 닫힌 창에 마주 선다
날이 선 등줄기에 불신을 새긴 맹수
온기란 가슴 접은 채 전류로만 흐를 뿐

내부를 깊이 감춘 빌딩의 도열 속에
우기성 은폐 증세 은밀히 벋어간다
이끼로 무성히 덮인 이제 창을 깰 때다

* 茶兄 김현승의 시「창」에서.

백일홍 · 1919

백일홍 아래 서면 속절없이 무너진다
꽃으로 석 달 열흘 한사코 지핀 불길
등줄기 아려오도록 불티 내게 쏟아진다

날마다 딛고 밟는 속보 앞에 휘청이다
핏줄 선 전언 몇 장 꿈길에서 건져낼 때
백 년을 건너온 깃발 붉은 혼이 뜨겁다

북간도 아득히 먼 그 이름을 불러본다*
광야에서 목을 놓던** 서러운 사람이여
꽃 피운 마른 줄기가 달빛 아래 여위다

* 윤동주의 시 「별 헤는 밤」에서.
** 이육사의 시 「광야」에서.

백합이 온 것은 · 2019

시멘트 바닥 틈새 뜬금없는 백합 한 그루
내 창 앞 직선거리 키를 높여 피어났다
눈부신 도포 자락이 향기로운 바람결

만세후 백 년 길을 어찌 이리 오셨는가
버팀줄 내려두고 동이째 물을 붓고
말씀을 내리시라고 귀를 세워 읽는다

열 송이 꽃봉오리 만개한 신전 앞을
무심한 시인 하나 일깨우는 깊은 응시
남은 길 하얗게 닦아 낮게 낮게 가라시듯

늦게 핀 장미

조준은 빗나가고 허방다리 짚는 오후

계약직 남은 날이 가시 세워 찔러올 때

시간의 부스러기를 발꿈치에 딛고 선다

시든 잎 사이사이 그늘이 깊어간다

돌아설 길을 잃고 들이치는 싸락눈

눈시울 빨갛게 젖어 탄원서를 적고 있다

토이 크레인

각도를 다잡아서 몸뚱이를 낚아챈다
손끝에 감겨오는 설렘이 묵직하다
다 잡은 흰곰 한 마리 눈앞에서 놓친다

허공 속 바벨탑이 붕괴된 미세먼지
땀이 밴 손바닥이 습지처럼 축축하다
얇아진 마흔 언저리 셔츠 칼라 아직 흰데

기계나 사람이나 매정하긴 매한가지
이 차 면접 돌아 나온 혼잣말에 목이 멘다
이놈을 콕 집어내야 숨도 잠시 멎는다

다시 토르소

자정 방송 끄고 나면 세상이 맑아질까

생생한 두 눈 두 귀 기꺼이 버려야만

버려서 깜깜해져야 세상 한쪽 트이리

부르카가 걸어온다

드러낸 머리카락 부드러운 입술로도
사내는 갈비뼈에 빈 바람이 시린 걸까
신이여 감당할 수 없는 저 유혹을 덮어주오

에덴을 떠나온 후 시퍼렇게 눈만 밝아
투명한 햇살에도 광기로 살진 힘줄
한 가닥 선량한 사랑은 책갈피에나 꽂혔을 뿐

목덜미 서늘하게 아프간이 다가온다
여린 두 팔 야윈 다리 동여맨 걸음걸음
싸매어 두 눈만 남은 부르카가 걸어온다

쑥부쟁이와 억새

엎드려 버틴 날을 움켜쥐던 빗소리
구르고 싶던 벼랑 생은 늘 가파로워
훈장은 흰 머리카락 어깨 위에 반짝인다

봄여름 꽃마을에 달세라도 들었으면
절개지 거친 터를 등짐처럼 이고 지고
속 뿌리 단단하도록 발등 부어 올랐다

먼 귀를 열어놓고 달빛 자꾸 여위는데
무명옷 걷어 올린 남보랏빛 쑥부쟁이
억새도 지긋한 은발 함께 가는 가을길

콩나물 일기

어둠 속 높은 파도 긴 날을 덮씌웠다

또 하루 넘겨내면 발아한 노란 얼굴

노루발 단단한 자리 뿌리 감아 내리고

자투리 빈틈없이 넉넉히 채운 음표

시루 속 작업장에 졸졸졸 미싱 소리

식탁을 차리는 손길 콧노래도 따라 피는

솟대

펄럭이는 깃발만이 깃발이 아니라며
가는 길 에돌아서 가뭇한 먼 그림자
발자국 여운을 따라 귀를 열어 놓는다

가눌 데 없는 허공 해지도록 모은 손길
심장만 펄럭인 채 별을 오래 꿈꾸었다
어둠을 용케 버텨온 발목 시린 긴 날들

바람에 빗줄기에 견디다 흔들리다
삭아가는 슬픔덩이 녹물처럼 고여와도
한 뼘 땅 딛고 선 자리 기다림을 세운다

꽃무릇 별사別辭

남겨둔 발자국을 그대 딛고 돌아오라
살풀이 긴 자락을 모둠발로 내린 자리
뜨거워 눈을 감으면 가슴속도 불길이다

눈물은 별빛의 씨 뿌리 속 젖는 온기
헝클린 길을 닦아 붉은 살점 뚝뚝 진다
스러져 뼈마저 녹아 빈 하늘이 고이도록

오가는 꽃잎끼리 받드는 소신공양
명치에 갇힌 돌이 이보다 가벼우리
한 무리 지는 꽃 앞에 맑게 우는 종소리

거울을 보다

어쩌랴 명치까지
뿌리 내려 젖는 안개

견디다 한 자락을 홑청이듯 뜯어낸다

켜켜이 닦고 닦아도
말간 진물 어리는

해리단길에서

흘려보낸 시간들이 등을 켜는 오후에는
이미 식은 찻잔 앞에 브람스를 기다린다
오랜 날 질척거리던 완행열차 타고 올

누군들 그리 쉽게 어둠을 넘을 수야
따라온 파도 소리 흔적을 뒤척인다
잊을 것 잊었는데도 보푸라기 성가신

지워진 듯 여운 남은 낡은 책장 넘겨두면
가끔씩 돌려 읽다 끼룩끼룩 갈매기 소리
풍경에 노을을 입힌 새소리도 젖었다

분꽃의 시간

침묵을 세며 걷던 어린 날이 지워졌다

자욱한 어둠 속에 벼랑을 젓던 날개

찢기고 부러지고서야 걸음 못내 멈추었다

내 꿈이 무어 그리 무겁고 커다래서

어깨는 저려오고 무릎은 고단한가

길섶에 나앉은 분꽃 환히 웃는 저녁녘

2부

안평安平행을 타다

고단한 무릎끼리 마주 앉은 눈길 사이
4호선 밤 전철은 묵상에 젖어든다
둔탁한 소음도 잠시 어둠 속에 잠긴다

건너야 할 계단 높이 거룩히 쌓는 신전
의자에 기댄 채 눈을 감고 더듬으면
안락安樂동 화목和睦타운은 출구에서 아직 멀다

승무원 안내 없이도 레일은 길이 들고
무심히 잠깐 스친 무표정한 손길 손길
안평역 평안을 찾아 바삐 저어 나간다

문현동 봄

수정동 학교까지 걸어서 가는 날은
심정화* 꽃향기가 교문까지 따라왔다
시작종 오 분 전에서 숨도 꽃도 잠시 멎던

혼자서 집을 보는 어린 냥이 안부 탓에
영어 단어 수학 공식 가물거리는 아지랑이
수심은 차비도 없이 먼 바다를 맴돌았다

냥이를 묻어놓고 십자가를 세워두고
오빠랑 내려오던 낮은 뒷산 언덕까지
천리향 고운 손길이 우리 뜰을 넘었다

* 서향나무. 이른 봄부터 사월에 이르도록 핀다. 흔히 천리향이라고
한다.

마을버스 가는 길

분꽃이나 접시꽃이 길섶에 나앉았다

이웃의 찬거리를 환하게 꿰고 있는

낮은 담 웃음소리가 좁은 길을 지난다

하루가 숨 가쁘게 넘어야 할 고개라면

좁은 문 나선 길이 이 언덕쯤 될 것 같다

복숭아 몇 알 담아 든 뒷모습이 가볍다

피라미 씨 수상식 授賞式

노화백* 흰머리에 조명등이 눈부시다
세상일 헤엄치듯 붓끝에 놀던 피라미
물질에 담겨 온 수상 용솟음쳐 오른다

일천만 원 상금으로 밥빚 술빚 갚아보고
꺼칠한 아내 손에 손가방도 건네주고
어둠 속 달려온 외길 꽃불 일어 환한데

흙탕물 소용돌이 화폭 붉게 적셔와도
물풀도 부드러이 뿌리 내려 견딘 자리
헛헛한 웃음 하나로 징검다리 건넌다

* 시사만화 피라미 작가 안기태 님.

34

폴 고갱을 만나다

귀 시린 반 고흐의 긴 사연을 펼친 정오
어깨를 드러내고 섬은 다시 뒤척인다
손가락 여윈 틈으로 목이 쉬는 파도 소리

햇살에 비춰 보면 물결에도 금이 간다
달래볼 아무것도 갖지 못한 마음 깊이
젖은 채 머리에 꽂은 아물지 않은 꽃자리

스무 살 언저리는 마구 널린 지뢰밭 같아
전사는 제 쪽으로 심장 깊이 활을 쏜다
빨갛게 정지된 화면 꽃무늬가 찍힌다

빈 그릇

비탈길 서서 버틴 긴 날이 자욱하다
채우다 비워내다 실금 간 가장자리
식솔의 따스한 온기 아직 식지 않았는데

갓 버무린 겉절이에 풋콩 섞은 밥을 푸고
들꽃을 기울이고 차도 한 잔 걸러내면
그릇은 한결 넉넉히 웃음꽃을 담았다

휘어진 날은 가고 낡은 부엌 그 귀퉁이
발자국 먼 소리를 귀를 세워 듣는 날은
마른 풀 걷어낸 자리 마음 어귀 푸르다

겨울 장미

이따금 매운 눈발 공간을 지워냈다

수묵화 한 점 돋는 송백의 푸른 시간

한 시대 증언할 말은 삼켜내도 붉었다

온몸 가시 돋는 유배의 뒤란에도

때늦어 부친 글을 받아 읽는 늦은 저녁

기진한 몸을 일으켜 뼛속까지 불길이다

무영탑 그늘

열네 살 내 소녀가 아사녀를 만났어요
얼마나 다듬어야 탑이 하나 솟으려나
빙허* 님 묵은 책장을 마음 졸이며 넘겼죠

영지 곁 서성이는 아사녀 여윈 발목
석탑은 피어나도 못 지운 버거운 짐
들끓다 삭은 한 생애 물살 위에 드리운

열넷에 열 곱하고 이제 절반 넘은걸요
천년 버틴 석탑인 양 온몸 가득 푸른 멍울
그 그늘 내게 남아서 잿빛으로 고여서

* 소설 『무영탑』 작가 현진건의 호.

색깔론

검은빛 달 그늘에 희게 어린 목련 가지

담담히 비낀 자리
오리무중 잿빛이다

우물 속 빠뜨린 고요
토르소가 되고 있다

무말랭이

가을볕 굵게 채 친 조선무를 말려낸다
흰 속살 물기 빠져 보송보송 말라가면
꼬들한 시름 몇 줄이 채반 안에 남는다

질긴 명줄 잇듯 두레상을 지켜오던
손부의 손맛이야 어제처럼 맵짜한데
오래전 소식이 끊긴 먼 안부가 시리다

손가락 굵은 마디 가시처럼 돋는 심줄
서운할 일 없다 해도 이리 삭은 가슴에야
켜켜이 버무린 양념 기다림을 섞는다

갱식이죽

묵은지 송송 썰어 콩나물에 밥 한 덩이
파 송송 무채 양파 TV 따라 끓인 저녁
레시피 그럴싸한데 푸고 보니 김치국밥

오래전 두레상이 김에 서려 어리는데
한 양푼 들고 있는 옆모습이 뭉클하다
묵은 정 삭힌 그 맛이 자꾸 목에 감기는

물방울

가는 걸까 멈춘 걸까
혀 말린 오랜 침묵

내밀면 손끝 닿아 가시울도 건넜으리

아슬한 벼랑을 딛고

너는 거기

나는 여기

몽마르트의 가을

꿈을 쥔 화가들이 미로를 서성이다
촘촘히 누빈 시간 캔버스가 길을 연다
샤갈이 헤매다 머문 몽마르트 낮은 산

삼십 불에 내맡겨진 닮은 듯 내 초상화
정착 못 한 이방인은 접었다 돌아올 뿐
샤갈은 고향* 쪽으로 긴 날개를 달랜다

2미터 거리에서 기어이 놓친 이름
계절은 성가시게 옷깃을 여미는데
물이 든 그림 한 장이 오래도록 남아 있다

* 러시아 비텝스크.

마스크

부직포 몇 겹이면 딛고 오는 길을 지워

얼음길 자욱하던 명자꽃도 그냥 졌다

수신호 아득한 거리 점멸등도 어디 없다

돌담 사이 민들레가 노랗게 등을 켜도

더 이상 나를 위한 감탄사가 될 수 없다

철문을 굳게 잠가둔 저 단단한 방어벽

오래된 선반

한때는 빛난 것으로 채워두고 싶었다네

덜 마른 장작더미 매운 연기 자욱한 날

부르튼 손 마디마디 눈물 접어 얹었네

꾸역꾸역 마른 시간 더께 진 갈피 걷어

닦으며 쓸어보며 풀어내는 두루마리

돌아와 얼룩진 자리 웃음꽃이 그렁그렁

바람흔적미술관*

바람이 붓을 들어 경계를 풀어놓네

풍차도 일손 놓고 못물에 맑은 그늘

누군가 내 가슴에 던진 푸른 멍이 보이네

덧칠한 푸념까지 화가를 읽는 동안

캔버스 유채에는 반짝이는 별빛 하나

모서리 접은 바람이 등을 가만 떠미네

* 남해 소재 미술관.

3부

북소리

야성의 질긴 숨결 들판을 움키었다
등줄기 후려치던 매운바람 벼랑에도
부싯돌 해를 당겨 와 길이 틔곤 하더니

초침으로 날이 서는 시간의 쪽문 앞을
말발굽 요란하게 자판字板을 딛고 보면
아득히 앞을 가리는 무저갱의 저 함정

화전을 일궈내던 그 맨손 맨발로도
민들레 날린 씨앗 들판 가득 함성이거니
달려라 깨우는 소리 등판 위에 뜨겁다

연홍도

굴렁쇠 섬을 돌아 바다 길이 열려온다
섬 가족 두 손 모은 기도 첩첩 새긴 벽화
소나무 청청한 가지 해를 불러 앉힌다

만들고 그려내고 뜨겁게 세운 솟대
오시 지난 칠월 볕살 나도 함께 열꽃이다
하늘에 터트린 축포 빗장 여는 물결소리

뭍에서 오는 바람 선착장을 디뎌 오면
키 자란 기다림은 발자국 담아놓고
바다도 섬도 마을도 기립하여 푸르다

화창한 봄날

비속한 생것들이 거리를 포식해도

기침을 견딘 바람 옷자락이 부드럽다

난분분 분홍 꽃잎이 상처 위를 덮도록

동백

묻어둔 오랜 설화 얼음 속을 차오른다
이윽고 닻을 내린 먼 바다 남녘 기슭
포구엔 자욱한 횃불 혁명가가 퍼진다

대장장이 풀무에서 솟아난 벼린 칼날
무사의 손끝에서 떨고 있는 화살 한 촉
계절의 모퉁이에서 심장마저 붉게 탄다

매화 서향 다 두고 전사로 돌아온 그대
한 철도 넘기기 전 잘려 나간 반역의 형장
그대에 베인 내 가슴 이 봄 내내 아프다

원동역

시들한 우리끼리 원동으로 가면 안다
곁을 내준 산자락에 기대듯 몸을 맡겨
강물도 금이 간 자국 소리 없이 움킨다

떠나지 않으리라 꿈쩍도 않는 물결
보내지 않으리라 팔을 잇댄 굽이굽이
산 따라 강을 따라서 흐르는지 마는지

엽서에 봄을 붙여 우체통에 넣어본다
잔금 간 사이에도 생살 아문 매화 필 듯
파릇한 새순 하나를 물고 오는 원동역

순산

온밤을 서걱이던 울음 뚝 끊은 자리

붉게 밴 하늘 한 점 댓잎에 내걸렸다

비워둔 화선지 뜨란

죽순 휠휠 솟아난

콘트라베이스

−비발디 〈사계〉에서

있는 듯 없는 듯이 귀퉁이에 서고 싶다
청명절 솟구치는 높은음자리 선율 아래
가끔은 퉁기어보는 낮은 음색 그 빛깔로

비바체 알레그로 달리고도 싶었지만
안단테 아다지오 서두르지 않아 좋을
까슬한 융단을 깔고 평원으로 오는 바람

긴 날을 끌어오던 맑고 높은 하늘 소리
헹궈낸 빈 항아리 온쉼표로 쉬는 사이
겨울 산 듬직한 어깨 짐을 마저 내린다

증도 사람

자욱한 해무 걷혀 갯벌이 열려온다
수차에 감긴 해는 물을 푸다 지쳤는가
빛바랜 소금 창고엔 여윈 햇살 차곡하다

사람도 나문재도 갯바람에 절어 산다
빛으로 흰빛으로 등을 밝힌 백합 무리
터진목* 새긴 기도를 유물처럼 고여 안은

모실길 돌아들면 나지막이 앉는 노을
바다가 불러주는 자장노래** 몇 소절로
시간도 느리게 붙든 눈이 맑은 섬사람

* 6·25동란 때 문준경 전도사 순교지.
** 동요 〈섬집아기〉에서.

엉겅퀴

저무는 왕국에는 돌아설 길이 없다

햇살을 움켜내던 갈라진 손끝으로

가시관 세워 올렸다 활활 타는 저 선혈

모래알

한결 눅은 음성으로 포구로 귀항하는

입춘 지난 봄 바다는 눈빛이 선량하다

품고 온 오랜 견문록 맑게 씻어 내린다

촛불과 깃발 사이 분분한 말의 홍수

흘러온 물결마냥 부딪치다 깨어지다

모서리 환하게 닦인 모래알로 앉는다

영랑을 만나다

강진에 닿고서야 순한 말이 살아온다
엷어진 내 순수가 꽃으로 다시 피는
돌담에 속삭이는 햇발* 볼우물에 고이도록

도란도란 귀엣말로 모란은 이우는데
날이 선 낯선 말을 부끄러이 걸러내면
돌아선 걸음걸음에 저려오는 모국어

* 김영랑의 시 「돌담에 속삭이는 햇발」에서.

시월에

시월엔 여문 사랑 괄호를 벗고 싶다
코르셋 벗어 던진 밤톨처럼 견딘 속살
말가니 하늘에 누워 구름 한 점 되고 싶다

한 번쯤 소용돌이 잎처럼 붉고 싶다
랩소디 단조 음을 현으로 켜는 저녁
엇갈린 갈피를 찾는 목을 빼는 가등 하나

견디다 못한 가지 기어이 놓고 마는
서늘한 인기척에 가던 길 돌아본다
떨어져 누운 잎들에 이름 끝이 닳아 있다

유랑의 무리*

싱싱한 물관부의 펌프질 탓이었을까

세비야** 가는 산모롱이 마주친 풀꽃 무리

인종을 따지지 않는 선한 웃음 보았네

손뼉 치고 발 구르며 목이 쉰 노랫소리

무너진 옛 왕조가 기어이 횃불로 솟네

해는 또 길을 놓으리 이 어둠 끝 저 너머로

* 가이벨의 시에 곡을 붙인 슈만의 합창곡.
** 스페인 남부에 있는 항구도시.

어머니의 노래

남쪽나라 바다 멀리 물새가 날으면*
옥양목 흰 앞치마 물빛으로 젖는 나절
보리쌀 치대다 말고 먼 하늘을 보시데

연분홍 치마가 봄바람에 휘날리더라**
3절까지 용케 건너 목이 메는 어스름녘
닳아진 양단 치마를 곱게 곱게 펴시데

초라한 창에 빛나는 등불*** 까마득 잊은 가사
열여섯 갈래머리 사진 속을 찾으시데
몰랐네 연분홍 고운 꿈 소녀이던 어머니

* 대중가요 〈고향초〉에서.
** 대중가요 〈봄날은 간다〉에서.
*** 미국 민요 〈산골짝의 등불〉에서.

프리지어

입원실로 옮기고도 이틀 꼬박 지새우다

링거에 매달린 채 설핏 잠든 여윈 얼굴

봄꿈을 꾸고 계신가 입가 환한 햇무리

폭풍의 언덕

히스가 흐드러진 언덕은 허구였다
무참히 깨버린 꿈 난파된 폐선에서
에밀리* 질긴 흔적만 뒤적이고 있었다

슬픔의 그늘이라곤 어디에도 들지 않는
나지막한 바람 소리 감미로운 오월 햇살
한때의 넘치는 사랑 넝쿨 올린 붉장미

골방에 스스로 갇힌 스무 살 언저리를
따라온 히스꽃이 이끼처럼 번져나던
얇아온 가슴 한쪽을 오래 닦아내었다

* 『폭풍의 언덕』 저자, 에밀리 브론테.

돌확

하릴없이 흔들린다 수초 몇 그러안고
오체투지 온몸으로 붕대 감아 지내온 길
서럽다 서럽지 않다 여운 남아 붉은 해

폴드로 접힌 몸을 곧추세워 일으키면
쌀가루 체에 걸러 절구질은 해를 넘고
가마솥 타는 장작불 저녁상이 따스했다

현관 한켠 오두마니 앞섶에 물을 담고
구멍 뚫린 뼈마디에 눈물 층층 보태어서
어머니 마른 갈댓잎 바스러져 내린다

4부

서원書院시장*

서원은 폐업하고 장사꾼이 진을 친다
칼 차고 쟁반 들고 냉기를 쫓고 있다
허풍선 기세를 몰아 남은 힘을 불어댄다

신장개업 나붙은 지 달포나 지났을까
늦도록 텅 빈 문 앞 전단지만 펄럭인다
빈 거리 돌다 온 바람 목이 메는 기침 소리

난전에 푸성귀는 풀이 죽어 시들한데
그 앞집 옆집에도 낮은 등이 떨고 있다
목구멍 포도청이라 문은 열고 또 열고

* 충렬사 정문 앞 대로 안길로 길게 뻗친 시장. 주로 임진왜란 때의
충신열사를 배향하던 안락서원에서 온 말.

그 여름 끝 우포에서

소식을 못 전한 게 하마 해를 건넜지요
갈대는 등이 휜 채 길섶을 헤적이고
목메인 낮은음자리 거미줄에 묶여요

가시연 움츠린 채 반지하 세를 들어
꽃은커녕 가시 뽑힌 졸아진 어깻죽지
뒤엉킨 이생의 한때 얼기설기 아린 맛

폭염에 시달린 건 사람만이 아니라고
물옥잠 바랜 잎이 누렇게 덮은 늪을
왜가리 흰 날갯죽지 가만가만 펼친 붕대

가을 판타지

억새도 갓 피어서 눈부신 가을날엔
깨끗한 이름 하나 수첩에서 오려낸다
드높은 구름 한 덩이 눈물 씻어 말갛다

물처럼 그대 오라 휘파람 흐르는 소리
어깨를 치고 가는 나뭇잎 손길 따라
담벽에 기댄 소녀가 풀꽃으로 웃는다

겨울 장미 · 2

몇몇은 과도정부 뒤안길을 떠돌았다
껴입은 겉옷 벗고 출렁이던 오월 내내
시린 등 펼 수도 없이 가시 길만 디뎠다

무서리 응달에도 한 번은 피워내야
그 오랜 엽서마냥 웅크리고 닫힌 말문
견뎌낸 붉은 함성이 폭죽으로 터진다

문현동 가을

수심에 찬 달빛은 솔잎 위로 부서져도
산동네 다 덮고도 마당가를 서성인다
두레박 쉬는 우물엔 달이 통째 들었다

아랫집 아주머니 손 모으는 장독대에
야물게 씨앗 맺은 봉숭아 터질 때면
자잘한 웃음꽃 때로 꽃물처럼 번지던

딱지로 굳는 아픔 닦아낼 약솜 없이
억새꽃 희게 피어 바랜 옷 더욱 얇던
움푹 팬 아버지 주름 구름으로 떠 있다

트로트처럼

내 질긴 가식의 벽 뿌리째 흔들렸다
야트막 내를 건너 숲길 호젓 열리기도
맨 처음 느끼는 세상 발바닥에 간지럽다

다 낡은 레코드판 지내온 길이듯이
옥타브 낮추어도 금이 간 쉰 목소리
한 방울 글썽한 눈물 상훈인 양 매단다

눌러서 다져둔 말 꺾으며 굽이치면
꼿꼿한 등줄기도 절로 낮아 들썩이고
다 놓고 사는 거라고 인생사가 가볍다

물 푸기

샘에서 물을 푸다 해 뜨는 쪽 보곤 하지

한 동이 채우기 전 바가지에 뜨는 모래

그 모래 가라앉히려 참 느리게 가는 생

살처분
-노을

갑오년 쓰러지던 무장해제 농투성이

어둠을 깨쳐 나온 웅크린 울음 안쪽

못 식은 한 방울 생피

지는 해에 걸렸다

계단

눈물은 마르잖고 시력은 급강하다
총총히 내달리던 발걸음이 주춤하다
계단은 높다란 신전 무릎까지 꿇린다

오늘을 살아내려 한 걸음씩 옮겼을 뿐
심장이 내려앉던 수많은 통과의례
위로만 뻗치던 날개 접을 수도 없었던

오르다 내려서는 계단 앞에 떨고 섰다
내리구르던 기억과 오래 닳은 무릎 관절
조심히 내린 발 앞에 오 민들레 피었네

자목련

너처럼 눈부신 한때 내게도 있었을까
기미 낀 자욱한 봄날 가슴만 자주 에여
볼연지 애먼 뺨에다 물이 들게 문지르던

자주색 벨벳 치마 봄을 온통 풀어놓고
발꿈치에 감겨오던 브람스 왈츠 가락
가끔씩 물 묻은 눈빛 젊은 날을 긴는다

가을 서운암

-큰스님 뵈어온 지 삼십 년이 지났어요-

-지금 와 어쩌라고- 히히 호호, 호호 히히*

귀 밝은 감나무 화르르 산문까지 발갛다

* 성파 스님 시조 「서운암」에서.

2미터

진즉에 그래서야 그만큼만 멀어서야

다가서면 찔러대던 내 사랑은 고슴도치

가시로 자라온 언약 명치끝에 아리다

초승달 고운 눈길 젖은 채 바라볼걸

지그시 삼킨 말이 이제는 돌아올 때

2미터 그쯤에 두면 은은해라 먼 향기

수국 나라에 들다
 – 태종사에서

하늘에서 내려 쏟는 담채화 폭포였다

일순에 말문 막혀 길 위에서 길을 놓고

무설설 꽃보다 낮은 대웅전을 보았다

애틋이 하고픈 말 색을 엷게 지워내면

머금은 미소로도 세상을 다 보듬을 듯

벼랑 끝 파도 소리도 나지막이 울먹였다

반송우체국

물길은 한번 가면 돌아오지 않는 것을
꼭 한번 붙들고 싶은 그런 날이 있음에도
모서리 다 닳은 사연 끝내 접고 말았네

버스를 기다리며 읽어보던 안내판에
반송행 종점쯤일까 눈에 띈 반송우체국
울컥해 쏟아 보낸 말 반송될까 받을까

노루귀꽃

지상의 어떤 말이 저물녘 빛이 될까

노루귀 열어놓은 팔딱이는 작은 숨결

먼 걸음 멈추고서야 그 음성을 듣는다

무릎을 구부리고 여린 품에 엎드리면

영원을 잇대어 온 맑은 물 소리 소리

막 펼친 봄의 이마에 실핏줄이 돋는다

가야고분에서

천년 잠 그도 잠시 뿌리째 일어난다

주인을 따라 누운 가장자리 깊은 속을

바람은 끝내 따라와 갈비뼈에 고인다

굽어서 살아오던 허리 꺾인 시간 넘어

대쪽 같은 정강이뼈 희디흰 통증이여

무명옷 삭은 자리를 몇 줌 흙이 무겁다

천년을 돌아와도 그리 멀진 않았다고

건조증 부쩍 심한 내 눈물로 닦아보면

유물로 돌아온 그대 환한 별꽃 어린다

늦은 詩

잠 못 자고 쓰는 내 시 거짓임을 이제 알겠다
참이라면 술술 흘러 물처럼 맑지 않으랴
다디단 언어를 꿰어 한밤 내내 암실이던

가두고 뭉쳐두었던 부끄러운 기억의 바닥
메타포에 갇힌 허위 날개옷을 걷어낸다
내면의 갑옷마저 벗은 맨살 환한 한 줄 시

언어의 모래궁전 허무는 일 아득해도
살아온 길 무어 그리 가두어둘 일이라고
깊은 숨 기진하도록 속엣말을 닦는다

한 무리 지는 꽃 앞에 맑게 우는 종소리

유성호 문학평론가·한양대학교 국문과 교수

1. 깊은 숨 기진하도록 속엣말을 닦아온 세계

서정시는 시인 자신이 겪어온 경험을 자산 삼아 스스로를 고백하고 확인해 가는 과정에 가장 직접적인 존재 근거를 두는 예술 양식이다. 그 안에는 지나온 시간에 대한 매혹과 몰입이 있을 수 있고, 일정한 거리를 둔 성찰과 다짐이 있을 수 있을 것이다. 어쨌든 서정시의 초점은 시인 스스로의 자기 확인 원리에 철저하게 기대고 있다. 물론 주체와 대상 사이의 균열 양상을 포착하는 이른바 反동일성의 미학이 최근 들어 융흥한 측면이 없지 않지만 그럼에도 서정시의 회귀성은 그 비중이 전혀 줄어들지 않는다. 따라서 서정시에서 사물에 대한 관찰과 표현은 그 안에 주체의 삶을 담아내려는 은유적 욕망을 곧잘 불러오게 된다. 그 점에서 사물을 발견하고 그 응시의 힘으로 다시 시인 자신의 삶을 성찰하는 회귀의 원리는 서정시의 밑동이 되고도 남음이 있다고 해도 좋을 것이다.

전연희 시조에는 이러한 서정시의 존재론이 충일하게 깃들여 있다. 그의 다섯 번째 시조집 『다시 토르소』에는 "깊은 숨 기진하도록 속엣말을 닦는"(「시인의 말」) 자기 견인堅忍의 과정과 예술적 세련화의 과정이 아름답게 흐르고 있다. 그 점에서 전연희는 모든 존재자들에게 모어母語의 심미적 가능성을 부여하면서 자신만의 정형 미학을 확장해 온 시인이라고 규정할 수 있을 것이다. 다양한 언어적 파격과 외연 확대의 경향이 많이 나타나고 있는 시대에도, 그는 정형 미학의 범례들을 지속적으로 창출해 온 장인匠人으로 우뚝하기만 하다. 이제 그 속엣말의 세계로 한 걸음씩 천천히 들어가 보도록 하자.

2. 경물景物과 역사가 결속한 이원적 중심

우리가 접하는 자연 사물은 그 자체로 자족적 완결체가 아니라 끊임없이 변화하고 환경에 적응해 가는 과정적 실체이다. 그것은 인간에게 불가피한 터전도 되어주지만 스스로 태어나 자라고 소멸해 가는 가변적 세계이기도 하다. 따라서 인간은 자연과 함께 자연의 일부로서 자연을 경험할 수 있을 뿐이다. 많은 서정시는 자연과의 공유 경험에서 발원하여 그것을 끌어들여 언어와 결속시키려는 의지를 견지한다. 이러한 형상화 원리는 존재 자체를 가능케 하는 힘의 원천이자 언어가 구체성을 얻어가는 속성이기도 할 것이다. 전연희는 자연 사물에 의탁하여 서정적 동일성을 형성해 가는 과정을 아름답게 보여줌으로써 명징하고 투명하고 완미한 언어의 구슬을 우리에게 선사하고 있다. 그의 시조는 개성적 디자인을 통해 심미적 효과를 낳고 있으며, 사물의 투명함을 발견하고 그것을 가능하면 실물감 그대로 재현하면서 그 안에 자신의 사유와 감각을 투사投射하는 과정에서 산출되기 때문이다. 다음 두 편은 그러한 미학적 표지標識를 아름다운 이미지로 구축해 간 가편佳篇들이다. 한번 읽어보자.

이따금 매운 눈발 공간을 지워냈다

수묵화 한 점 돋는 송백의 푸른 시간

한 시대 증언할 말은 삼켜내도 붉었다

온몸 가시 돋는 유배의 뒤란에도

때늦어 부친 글을 받아 읽는 늦은 저녁

기진한 몸을 일으켜 뼛속까지 불길이다
–「겨울 장미」 전문

몇몇은 과도정부 뒤안길을 떠돌았다
껴입은 겉옷 벗고 출렁이던 오월 내내
시린 등 펼 수도 없이 가시 길만 디뎠다

무서리 응달에도 한 번은 피워내야

그 오랜 엽서마냥 웅크리고 닫힌 말문
견뎌낸 붉은 함성이 폭죽으로 터진다
　　　　－「겨울 장미 · 2」전문

「겨울 장미」 연작이다. 두 편 모두 장미의 '가시'와 겨
울이 품은 '눈(서리)' 이미지를 통해 선명하고 또렷한 분
위기를 불러오고 있다. 앞의 작품에서는 '겨울 장미'의 붉
은 빛깔과 '눈'의 흰빛 그리고 "수묵화 한 점 돋는 송백의
푸른 시간"까지 어울리면서 "매운 눈발"이 "한 시대 증언
할 말"을 감싸는 선명한 심상을 직조해 냈다. 이육사의 명
편 「절정」을 연상시키는 "매운 눈발"이 "온몸 가시 돋는
유배의 뒤란"과 "때늦어 부친 글을 받아 읽는 늦은 저녁"
의 적소謫所 이미지를 더욱 감각적으로 환기하고 있다.
그러한 유배 환경에서 "기진한 몸을 일으켜 뼛속까지 불
길"을 느끼는 누군가의 마음에는 '겨울 장미' 같은 단심丹
心이 농울치고 있을 것이다. 뒤의 작품에는 "과도정부 뒤
안길"과 "오월 내내/ 시린 등 펼 수도 없이" 걸었던 "가시
길"이 등장한다. 그 많은 세월을 지나 "무서리 응달에도
한 번은 피워내야" 하는 존재론적 결기를 품은 채 겨울 장
미는 "그 오랜 엽서마냥 웅크리고 닫힌 말문"을 열고 "붉

은 함성"을 터뜨린다. 두 작품 모두 "유배의 뒤란"과 "과도 정부 뒤안길" 같은 역사성을 품고 있고, "한 시대 증언"과 "붉은 함성", "부친 글"과 "오랜 엽서" 같은 동일한 계열체를 거느리면서 '겨울 장미'를 탐미적 자연 사물이 아니라 "등줄기 후려치던 매운바람 벼랑"(「북소리」)을 힘겹게 건너는 시대의 초상으로, "돌아설 길을 잃고 들이치는 싸락눈"(「늦게 핀 장미」)의 개결한 이미지를 드리우고 있는 초상으로 그려내고 있다. 전연희 시학의 경개景槪가 견고한 역사적 입상立像을 세우는 과정에서 구축되고 있음을 알려주는 사례들일 것이다.

이 연작은 자연 사물의 풍경을 제시하고 그것을 어떤 공동체의 심상으로 연결하여 갈무리하는 시인의 역량을 유감없이 보여준다. 경물景物과 역사가 결속한 이원적 중심을 통해 고요하고 단단한 누군가의 마음을 담아낸 것이다. 이 또한 완미한 정형에 담긴 고전적 존재론을 보여주는 뜻깊은 실례일 것이다. 부박하게 흔들리는 세계에 역설적 일침을 주는 순간이 거기에 흐르고 있기 때문이다. 오랜 시간의 적층積層에서 발원하면서도 그 시간을 쌓아온 기억의 지층에서 시인은 자신이 치러온 경험과 상상을 섬세하게 재현하고 있다. 그러한 의지를 통해 풍경

과 역사를 고고학적 차원으로 감싸 안는 시인의 예술적
역량이 눈부시기만 하다.

3. 세상의 난경難境을 넘어서는 힘

우리는 그동안 시조의 본령을 정형적 기율과 고전적
주제에 두는 관행을 거느려왔다. 하지만 최근으로 올수
록 시인 자신의 개별화 경험이 옹호되면서 선험적 율격
과 전통 시상詩想을 넘어서려는 열정이 편재적으로 대두
하게 되었다. 그러나 이러한 현대적 변형 충동에도 불구
하고 시조의 존재론적 근간이 정형성과 고전성에 있다는
사실이 크게 흔들리지는 않는다. 전연희의 시조 역시 형
식의 과도한 파격을 좀처럼 허락하지 않는 정격正格의 정
신과 미의식을 담은 세계로서, 그 안에 담긴 정형의 극점
과 투명한 원형적 언어가 시인의 환한 심의心意를 감싼 채
아득하게 펼쳐지고 있다. 다음 두 편 단시조에 나타난 탁
월한 이미지는 그 확연한 증거이다.

갑오년 쓰러지던 무장해제 농투성이

92

어둠을 깨쳐 나온 웅크린 울음 안쪽

못 식은 한 방울 생피

지는 해에 걸렸다
  ―「살처분 - 노을」 전문

자정 방송 *끄고* 나면 세상이 맑아질까

생생한 두 눈 두 귀 기꺼이 버려야만

버려서 깜깜해져야 세상 한쪽 트이리
  ―「다시 토르소」 전문

'살처분'이 환기하는 핏빛 이미지와 '노을'의 붉은빛
이미지가 모두 목숨이 소멸해 가는 속성으로 연결되어
있다. 그 이미지를 뚫고 "갑오년 쓰러지던 무장해제 농투
성이"의 역사성이 도입된다. 전연희 시학이 추구해 온 풍
경과 역사의 결속이 다시 한번 다가오는 순간이다. 그 안

에서는 "어둠을 깨쳐 나온 웅크린 울음"이 들려오고 "못
식은 한 방울 생피"가 붉은 노을에 걸린 장면이 부조浮彫
된다. 원형에 가까운 색채 이미지군群이 삶과 죽음, 울음
과 생피, 농투성이와 노을의 아득한 거리를 이토록 치밀
하고 선명하게 연결하고 있는 것이다. 애잔하고 융융하
기만 한 "내면의 갑옷마저 벗은 맨살 환한 한 줄 시"(「늦은
詩」)가 아닐 수 없다.

　　그런가 하면 뒤의 작품에서 시인은 '토르소'라는 양식
을 불러온다. 알다시피 '토르소'는 머리와 팔다리가 없이
몸통만으로 된 조각상을 뜻한다. 시인은 '탁한 자정 방송'
과 그 반대쪽의 '맑은 세상'을 배치한다. 어느 하나를 끄
고 나면 비로소 트여오는 다른 하나야말로 유토피아를
갈망하는 뚜렷한 데칼코마니일 것이다. 그러나 시인은
그러한 낙관에 동의하지 않으면서, 오히려 "생생한 두 눈
두 귀"가 가져오는 편견과 오해와 고집을 기꺼이 버려야
만 비로소 "세상 한쪽"이 트일 것이라고 강조한다. 그래
서 시인은 '다시 토르소'라고 제목을 붙였을 것이다. 이는
우리의 감각과 사유의 관계를 날카롭게 변주하여 보여준
예리한 작품으로서, 우리는 삶에서 "발자국 먼 소리를 귀
를 세워 듣는 날"(「빈 그릇」)도 있지만 "우물 속 빠뜨린 고

요/ 토르소가 되"(「색깔론」)는 순간도 있음을 비로소 깨닫
게 된다.

> 드러낸 머리카락 부드러운 입술로도
> 사내는 갈비뼈에 빈 바람이 시린 걸까
> 신이여 감당할 수 없는 저 유혹을 덮어주오
>
> 에덴을 떠나온 후 시퍼렇게 눈만 밝아
> 투명한 햇살에도 광기로 살진 힘줄
> 한 가닥 선량한 사랑은 책갈피에나 꽂혔을 뿐
>
> 목덜미 서늘하게 아프간이 다가온다
> 여린 두 팔 야윈 다리 동여맨 걸음걸음
> 싸매어 두 눈만 남은 부르카가 걸어온다
>   -「부르카가 걸어온다」 전문

'부르카'는 이슬람 여성의 전통 복식으로서 머리에서
발목까지 덮어쓰는 통옷을 말한다. 이는 신체 노출을 극
단적으로 최소화한 형태로서 신앙의 의미로 여겨지기도
하지만 여성에게만 강제된 것이라는 점에서 비판 대상

이 되기도 한다. 아프간의 경우 탈레반 정권 이후 전신 부르카 착용이 강제되기도 했다. 그 '부르카'가 저쪽에서 걸어온다. 그것은 당연히 한 여성의 발걸음이겠지만 시인의 시선에는 그것이 여성의 역사가 걸어오는 것처럼 각인되고 있다. 사내의 갈비뼈는 "드러낸 머리카락 부드러운 입술"의 유혹으로 인해 시리기만 했고, 결국 에덴을 떠나온 후에는 "시퍼렇게 눈만 밝아/ 투명한 햇살에도 광기로 살진 힘줄"을 거느리게 되었다. 착하고 아름다운 사랑은 책갈피에나 들어 있고, 아프간에서는 "여린 두 팔 야윈 다리 동여맨 걸음걸음"의 여성이 "두 눈만 남은 부르카"가 되어 살아가고 있을 뿐이다. "오늘을 살아내려 한 걸음씩 옮겼을"(「계단」) 그녀들의 발걸음이 애잔하고 가파르기만 하다. 그렇게 이 시편은 창세기의 기록에서 시작하여 현대 아프간 역사에 이르기까지 끝없이 이어져 온 여성 수난사를 '부르카'라는 은유로 형상화하였다. 그 '부르카'가 지금도 오랜 세월을 넘어 걸어오고 있는 것이다. 그렇게 "시린 날들이 반짝이는 별"(「닻의 이름으로」)처럼 시인이 파악하는 인간의 존재 방식은 "켜켜이 닦고 닦아도/ 말간 진물 어리는"(「거울을 보다」) 세상의 난경難境을 넘어서는 힘으로 이루어져 있다.

물론 모든 기억이 다 기록으로 몸을 바꾸는 것은 아니다. 기록이라는 것은 모든 기억을 평면적으로 나열하는 것이 아니라, 어떤 기억을 선택하고 응집하여 가시화하는 행위일 것이기 때문이다. 전연희 시인은 삶의 보편적 원리에 대한 형상적 성찰 작업도 수행하지만 더 심층적으로는 자신의 오랜 기억을 선택하고 미학적으로 배치하는 행위를 통해 인간의 존재론을 기록해 가기도 한다. 한편으로 언어를 앞질러 가고 한편으로 언어를 되돌리려는 욕망을 보이는 것도 그의 시조가 수행하는 이러한 의지 때문일 것이다. 그만큼 전연희의 시조는 현실을 대체할 '다른 현실'을 꿈꾸는 대신 상상력으로 구성되는 '시적 현실'을 남다른 애정으로 구축해 간다. 이러한 힘은 그의 시조로 하여금 현실과 상상, 역사와 실존의 접점에서 형성되는 균형 속에서 자신의 미학을 완성하게끔 해준다. 그러한 시각이 그로 하여금 시간의 깊이를 탐색하면서 삶이 불가피하게 역사라는 규정성을 받는 것임을 노래하게끔 해준 것이다. 다양한 이미지 안에서 삶의 역사적, 실존적 비의秘義를 차분하게 증언해 가는 그의 시조가 우리 시조시단을 이렇게 밝혀주고 있다.

4. 사물과 내면이 호명하는 언외지의言外之意의 목소리

전연희의 시조는 정형적 기율을 지키면서 그 안에 자유로운 정신을 반영하는 독자적인 심미적 언어예술이다. 뭇 존재자들이 품고 있는 생명과 그것의 상상적 복원 과정에 매진하는 세계이기도 하다. 물론 이러한 방향이 우리가 상실한 어떤 가치를 고스란히 복원하는 유일한 방책은 아니겠지만 우리 시대의 불모성에 대한 유력한 항체가 될 수 있음은 분명해 보인다. 이러한 목표를 성취하기 위해 전연희의 시조는 사물의 구체성과 함께 그것을 인사人事와 유추적으로 연관시키는 상상력을 끝없이 생성한다. 이러한 방식은 이번 시조집이 그동안 펼쳐졌던 그의 시조 미학을 충실하게 이으면서도, 기억 저편의 시간을 호명하는 데 그치지 않고, 그 안에 자연 사물에 대한 형이상학적인 경험을 구성하는 장면을 보여주는 쪽으로 나아가게 도와준다. 그 점에서 이번 시조집은 함축과 절제를 모토로 하면서도 그 안에 자연 사물에 대한 형이상학적 경험을 보탠 그 나름의 진경進境을 아름답게 보여준다 할 것이다.

지상의 어떤 말이 저물녘 빛이 될까

노루귀 열어놓은 팔딱이는 작은 숨결

먼 걸음 멈추고서야 그 음성을 듣는다

무릎을 구부리고 여린 품에 엎드리면

영원을 잇대어 온 맑은 물 소리 소리

막 펼친 봄의 이마에 실핏줄이 돋는다
  ―「노루귀꽃」 전문

　이른 봄에 피는 '노루귀꽃'은 토양이 비옥한 숲에서 자
란다. 시인은 그 꽃이 열어놓은 "작은 숨결"에서 "지상의
어떤 말이 저물녘 빛이" 되는 순간을 바라보고 있다. 그
꽃은 "먼 걸음 멈추고서야" 들을 수 있는 고요하고 근원
적인 '음성'을 건네고 있는데, 시인은 무릎을 구부리고 여
린 품에 엎드려 그 미세한 소리를 듣고 있다. 나아가 영원

을 잇대어 온 "맑은 물 소리 소리"를 들으면서 시인은 "막 펼친 봄의 이마에 실핏줄이 돋는" 순간까지 바라보고 있다. 그 '소리'가 바로 신성한 형이상학적 근원의 전율을 보내는 매개 역할을 해주고 있는 것이다. "아슬한 벼랑을 딛고"(「물방울」)서야 비로소 "미소로도 세상을 다 보듬을 듯"(「수국 나라에 들다 - 태종사에서」)한 자연 사물들을 통해 신성한 시원始原의 흔적을 읽어내는 시인의 품이 크고 넓다. 다음은 어떠한가.

남겨둔 발자국을 그대 딛고 돌아오라
살풀이 긴 자락을 모둠발로 내린 자리
뜨거워 눈을 감으면 가슴속도 불길이다

눈물은 별빛의 씨 뿌리 속 젖는 온기
헝클린 길을 닦아 붉은 살점 뚝뚝 진다
스러져 뼈마저 녹아 빈 하늘이 고이도록

오가는 꽃잎끼리 받드는 소신공양
명치에 갇힌 돌이 이보다 가벼우리
한 무리 지는 꽃 앞에 맑게 우는 종소리

－「꽃무릇 별사別辭」전문

　작년 제6회 백수白水문학상 수상작이기도 한 이 시편은 '별사別辭'라는 양식을 차용하여 꽃무릇과의 사랑과 이별을 노래하고 있다. 시인은 선명한 이미지를 통해 사랑과 이별의 과정이 가지는 독특한 순간을 창조하고 있다. '그대'라는 2인칭에게 건네는 형식의 작품에서 시인은 남겨둔 발자국을 딛고 그대가 돌아오는 순간에 피어난 "불길"의 내면을 추스르기도 하고, 뼈와 눈물까지 녹아 뿌려지는 "별빛의 씨"를 재현하는 순간을 담아내기도 한다. "오가는 꽃잎끼리 받드는 소신공양"이나 "명치에 갇힌 돌이 이보다 가벼우리" 같은 탁월한 표현을 통해 시인은 "한 무리 지는 꽃"의 이별 앞에서 "맑게 우는 종소리"라는 청신한 이미지로 그 상황을 완성한 것이다. 이처럼 시인은 내면적 삶을 지극한 시선으로 관찰하면서 그 아픔까지 보듬어내는 근원적이고 지극한 마음을 노래한다. 말할 것도 없이 그 마음은 "자투리 빈틈없이 넉넉히 채운 음표"(「콩나물 일기」)를 형성하면서 "뼈마디에 눈물 층층 보태어"(「돌확」) 자신의 존재를 이루어가는 뭇 목숨을 향한 것이기도 할 것이다.

이처럼 전연희 시인은 '노루귀꽃'이나 '꽃무릇' 같은 자연 사물들의 실감을 통해 사물의 생성과 소멸이 선명한 개별성을 가지면서도 모두 호혜적 공존 가능성을 가지고 있음을 노래한다. 지극한 고요와 역동이 함께하면서 펼쳐내는 이러한 자연의 신성하고 근원적인 순간들이야말로 함축과 절제의 원리에 의한 짧고도 선명한 삽화가 아닐까 한다. 사물과 내면이 서로를 호명하는 언외지의言外之意의 나직한 목소리가 정형 양식 안에 안정적으로 들어앉은 것이다. 그 안에는 지나온 사물에 대한 일방적 미화보다는 거기서 비롯한 흔적을 추스르려는 특유의 균형 의지가 얹혀 나타나고 있다. 이러한 과정을 통해 시인은 사랑과 이별, 삶과 죽음, 텅 빔과 꽉 참, 활력과 고요를 놓치지 않고 하나하나 채록해 간다. 이번 그의 시조집이 우리에게 선사하는 독보적 문양文樣이 아닐까 생각해 본다.

5. 깊은 인생론적 가치를 발견하는 순간들

결국 전연희의 시조는 풍경과 내면의 선연한 조응을 바탕으로 하면서, 그것이 가장 궁극적인 삶의 기율이 되게끔 하는 정신적 성숙 과정에서 발원하는 언어적 실체이다. 그래서 우리는 그 세계가 퇴영적 그리움에 머무르지 않고 오히려 역동적이고 생성 지향적인 에너지를 내장하고 있는 세계라고 이해할 수 있게 된다. 오랜 시간의 흐름 속에서 이루어가는 사물과 내면의 이러한 결속 과정은 감각의 구체성과 사유의 가열함이 처연하고도 아름다운 풍경으로 이어지는 장면을 가득 펼쳐 보여준다. 그리고 그 안에는 자연스럽게 인생론적 가치를 발견하는 순간들도 오롯하게 깃들이게 된다.

물길은 한번 가면 돌아오지 않는 것을
꼭 한번 붙들고 싶은 그런 날이 있음에도
모서리 다 닳은 사연 끝내 접고 말았네

버스를 기다리며 읽어보던 안내판에
반송행 종점쯤일까 눈에 띈 반송우체국
울컥해 쏟아 보낸 말 반송될까 받을까
　　　－「반송우체국」 전문

더 세게 조여다오 헐렁해진 삶의 마디

이고 지고 오르는 길 늘 그만치 쌓인 무게

실금 간 마디를 풀면 뼛속까지 희디희다

쟁여둔 밀짚모는 추억 몇 점 엮어낼 뿐

모 닦인 시간 넘어 수평선은 늘 먼 자리

품으면 건너야 할 길이 벼랑 아래 눕는다
　 －「선반」 전문

　시인은 '반송'이라는 동음이의어를 활용하여 잔잔하
고 아름다운 인생의 화첩 하나를 장만하였다. 시인은 "반
송행 종점쯤일까 눈에 띈 반송우체국"에서 살아오면서
자신의 말들이 반송返送되지 않을까 하는 상상을 해본다.
"물길은 한번 가면 돌아오지 않"지만, 우리가 쏟아놓은
말들은 언젠가 한번 붙들고 싶은 날이 있지 않은가. 어쩌
면 그 말들에는 "옥타브 낮추어도 금이 간 쉰 목소리"(「트
로트처럼」)도 있을 것이고 "흘려보낸 시간들이 등을 켜

는"(「해리단길에서」) 순간도 있을 것이다. 그렇게 "모서리 다 닳은 사연"이나 "울컥해 쏟아 보낸 말"이 반송되기를 바라는 시인의 마음은 '반송우체국'이라는 송신처에서 오히려 자신이 한 말들을 수신하고자 하는 아이러니를 담아내고 있다. 그런가 하면 시인은 '선반'이라는 대상을 통해 "헐렁해진 삶의 마디"를 다잡고 "이고 지고 오르는 길"에서 쌓아온 무게와 마디를 뼛속까지 성찰하려고 한다. 선반 위에 쟁여둔 '밀짚모'가 불러내는 "추억 몇점"은 "품으면 건너야 할 길이 벼랑 아래 눕는" 삶의 간단없는 흐름을 알려준다. "모래 가라앉히려 참 느리게 가는 생"(「물 푸기」)에서도 "모서리 환하게 닦인 모래알로 앉는"(「모래알」) 순간을 바라보는 시인의 예지가 알차게 들어 있는 그야말로 "묵은 정 삭힌 그 맛이 자꾸 목에 감기는"(「갱식이죽」) 시편이 아닐 수 없다.

펄럭이는 깃발만이 깃발이 아니라며
가는 길 에돌아서 가뭇한 먼 그림자
발자국 여운을 따라 귀를 열어 놓는다

가눌 데 없는 허공 해지도록 모은 손길

심장만 펄럭인 채 별을 오래 꿈꾸었다
어둠을 용케 버텨온 발목 시린 긴 날들

바람에 빗줄기에 견디다 흔들리다
삭아가는 슬픔덩이 녹물처럼 고여와도
한 뼘 땅 딛고 선 자리 기다림을 세운다
　　-「솟대」전문

　'솟대'는 마을공동체 신앙의 하나로서 음력 정월대보
름에 마을의 안녕과 풍요를 기원하여 마을 입구에 세운
것을 말한다. 속신俗信의 오랜 세월이 담긴 솟대에서 시인
은 "펄럭이는 깃발"보다 훨씬 더 강렬한 "가는 길 에돌아
서 가뭇한 먼 그림자"를 바라보고 있다. 그 그림자의 발자
국 여운을 따라 "어둠을 용케 버텨온 발목 시린 긴 날들"
의 소리를 듣기도 한다. 또한 솟대는 바람과 빗줄기를 견
디며 "삭아가는 슬픔덩이 녹물처럼 고여"올 때마다 "한
뼘 땅 딛고 선 자리"에 한없는 기다림으로 서 있었을 것
이다. 그 기다림의 세월은 "파릇한 새순 하나를 물고 오
는"(「원동역」) 순간도 안아 들이고 "남은 길 하얗게 닦아
낮게 낮게"(「백합이 온 것은 · 2019」) 흘러가는 순간도 넉

넉히 품으면서 "시간도 느리게 붙든 눈이 맑은"(「증도 사람」) 이들의 삶을 증언하고 있다. 그리고 시인 개인적으로는 그 표상 안에 아마도 "침묵을 세며 걷던 어린 날"(「분꽃의 시간」)을 지나 "가끔씩 물 묻은 눈빛 젊은 날을 긷는"(「자목련」) 순간까지 차곡차곡 담아내고 있을 것이다.

이처럼 전연희 시인은 삶의 문양을 향한 상상력을 견고한 감각과 언어로 다듬어간다. 그는 우리가 무심히 지나칠 삶의 흔적을 뚫고 들어가 그 이면에 잠들어 있는 기억의 심층을 정성스레 찾아낸다. 또한 자신이 겪어온 고통과 상처의 굴곡을 재현하면서 그 안에 흐르는 신성한 가능성에 대해 노래하기도 한다. 이러한 과정을 통해 인간의 보편적이고 근원적인 존재 형식을 재차 물어가는 것이다. 그 점에서 그의 시조는 인생론적 고통에 관한 절절한 치유의 기원祈願이면서 동시에 삶에 대한 긴장과 균형의 시선을 잃지 않은 실례로 다가온다 할 것이다. 전연희 시인은 이러한 인생론이 뭇 존재자들의 존재 방식을 감각적 현존으로 드러내는 방법론임을 증명하고 있는 셈이다. 그 점에서 전연희 시인이 견지해 가는 감각과 사유는 서정시가 우리의 현재형을 탈환해 가는 미학적 양식임을 거듭 명징하게 확인해 주고 있다. 깊은 인생론적 가치를 발견하는 순간들이 그 안에 흐르고 있기 때문이다.

6. 시조시단의 광맥을 풍요롭고 세련화해 가는 명인

시인들은 사라져 가는 것들을 힘겹게 기억하고 상상적
으로 복원하는 싸움을 마다하지 않는다. 그리고 시 쓰기
가 그러한 영혼들의 내적 고투를 기록하는 작업임을 부
인하지 않는다. 거기에는 우리 시대의 중심 원리가 이성
에 의해 일사불란하게 관철되고 있다는 데 대한 근원적
항변과 함께, 합리적 이성이 그어놓은 숱한 관념의 표지
를 해체하고 재구축하려는 열정이 담겨 있기 때문이다.
물론 그러한 부정과 재구축의 정신은 실험적 전위들이
가질 모험 정신과는 거리가 먼 것이다. 오히려 그것은 잃
어버린 서정시의 위의威儀를 다시 세워보려는 고전적 열
망과 닿아 있는 어떤 것일 터이다. 전연희 시인은 이러한
정신을 바탕으로 하여, 근원적인 소리와 아름다운 풍경
사이에서 자신의 투명하고도 속 깊은 서정의 세계를 풀
어놓는다. "돌아선 걸음걸음에 저려오는 모국어"(「영랑을
만나다」)를 통해 함축과 절제의 정점을 아름답고 투명한

심미적 차원으로 구축하는 것이다. 이 모든 것이 서정의 전위前衛로서 전연희 시조가 거둔 미학적 성취일 것이다.

이제 우리는 언어예술로서의 엄정함과 고전적 통찰을 담아내면서도 의미의 투명성을 건네는 시조, 정서적 위안과 인지적 울림을 동시에 허락하는 시조, 소통 가능성과 미학적 완결성을 꾀하여 복합적 기억을 생성해 주는 시조, 전통을 이어가면서도 동시대의 담론을 민활하게 결합해 가는 시조를 그의 여러 작품들에서 훤칠하게 발견하게 된다. 그렇게 전연희 시인은 이번 시조집 『다시 토르소』에서 시조 미학의 이러한 가능성을 최대화하고 첨예화해 주었다. 그의 시조가 독자들에게 더욱 환하게 다가가기를 깊은 마음으로 소망해 본다. 그리고 "한 무리 지는 꽃 앞에 맑게 우는 종소리"처럼 빛을 뿌리는 성과를 이루어낸 그가 우리 시조시단의 광맥을 더욱 풍요롭고 세련화해 가는 명인으로 폭넓게 평가받기를 바란다. 앞으로 더 깊고 아스라한 감각과 사유를 통해 그의 시조가 우리 정형 미학의 한 정점으로 남게 되기를 거듭 희원해 마지않는다.

전연희

1988년 《시조문학》 천료. 경남여고, 이화여대 국문학과 졸업. 시조집 『귀
엣말 그대 둘레에』 『숲 가까이 산다네』 『얼음꽃』 『이름을 부르면』, 현대
시조 100인선 『푸른 고백』. 제2회 전국시조백일장 장원, 성파시조문학상,
제1회 한국시낭송상, 부산문학상 본상, 한국시조시인협회상, 이호우·이
영도문학상, 한국동서문학 민족시진흥상, 백수문학상 등 수상. 부산시조
시인협회 회장, 신라중학교 교장 등 역임.
muajun@hanmail.net

다시 토르소

—

초판 1쇄 2022년 11월 15일
지은이 전연희
펴낸이 김영재
펴낸곳 책만드는집

—

주소 서울 마포구 양화로3길 99, 4층 (04022)
전화 3142-1585·6
팩스 336-8908
전자우편 chaekjip@naver.com
출판등록 1994년 1월 13일 제10-927호
ⓒ 전연희, 2022

* 본 도서는 2022년 부산광역시, 부산문화재단 〈부산문화예술지원사업〉으로
지원을 받았습니다.

부산광역시
BUSAN METROPOLITAN CITY 부산문화재단
BUSAN CULTURAL FOUNDATION

—

ISBN 978-89-7944-819-1 (04810)
ISBN 978-89-7944-354-7 (세트)